POÉSIES

LES

VAGUES DE L'AME

PAR

AUGUSTE HILST

NOUVELLE ÉDITION

Prix : 1 fr. 50 c.

COMPIÈGNE

CHEZ L'AUTEUR, RUE SAINT-LAZARE, 41

PARIS

CHEZ LES PRINCIPAUX LIBRAIRES

M DCCC LXIII

LES

VAGUES DE L'AME

PARIS. — IMPRIMERIE DE J. CLAYE

RUE SAINT-BENOIT, 7

POÉSIES

LES

VAGUES DE L'AME

PAR

AUGUSTE HILST

NOUVELLE ÉDITION

COMPIÈGNE

CHEZ L'AUTEUR, RUE SAINT-LAZARE, 11

PARIS

CHEZ LES PRINCIPAUX LIBRAIRES

M DCCC LXIII

1863

A MADEMOISELLE MARIE C.

LES

VAGUES DE L'AME

•

ELLE.

O Dieu! quand je chantais ta gloire,

Quand je pratiquais mieux ta loi,

Que de jours d'heureuse mémoire

N'as-tu pas fait luire pour moi!

Amis, habitant l'autre monde,

Au temps où je n'aimais que vous,

Combien ma joie était profonde!
Oh! combien mes jours étaient doux

Sans doute, Dieu, mon divin maître,
Tu veux trouver, comme autrefois,
Tu veux, après m'avoir fait naître.
Trouver l'hymne que je te dois?

Sans doute, mes amis, beaux anges,
Comme rien n'est grand parmi nous,
A me détacher de nos fanges
Sans relâche m'exhortez-vous

Mais que peuvent à ma folie.
Hélas! les lumières des cieux.
Je ne pense plus qu'à Délie,
Elle est l'objet de tous mes vœux.

Délie, où m'ont jeté tes charmes?
Quel sera désormais mon sort?
Mes yeux sont humides do larmes,
Et mon cœur bat avec effort!

En vain la raison me conseille
De ne plus fêter tes autels,
Plus fou tous les jours je m'éveille,
Et rends mes regrets éternels!

Délie, ô mon amour, je t'aime
Comme l'abeille aime le miel;
Je t'aime! oh! d'un amour suprême,
Comme les saints aiment le ciel.

Pour toi, car c'est toi ma lumière,
Du ciel je viendrais ici-bas;

LES VAGUES DE L'AME.

Rien dans les cieux, rien sur la terre,
Rien ne me charme où tu n'es pas.

Puisque, chez un peuple barbare,
L'apôtre expire pour sa foi,
Belle âme dont Dieu me sépare,
Que ne puis-je mourir pour toi

Ton regard doux et charitable,
Ton maintien digne et réservé,
Forment le tout le plus aimable
Qu'un poëte ait jamais rêvé.

Quelle grandeur! quelle sagesse!
Comme le ciel dans sa bonté
A su te faire avec largesse
Tous les dons qui font la beauté!

Comme la feuille orne la tige,
Et la fleur dore le printemps,
Tu couronnes d'un saint prestige
Tous les objets les plus charmants.

Qui, si tu n'es qu'une mortelle,
Qui peut être ton protecteur?
Je vois l'ombre surnaturelle
Joindre ses traits à ta splendeur !

Ah! laisse-moi, laisse-moi croire,
Ange de bonté, noble cœur,
Comme rien ne manque à ta gloire,
Que rien ne manque à ton bonheur.

Oui, sois heureuse! que ta vie
Soit plus douce qu'un jour d'été!

LES VAGUES DE L'AME.

Oui, que chacun sur terre envie
L'excès de la félicité !

———

Cependant je dis en moi-même,
Accablé, triste et sans pouvoir :
Que puis-je pour celle que j'aime,
Que je dois aimer sans espoir?...

Tout à coup ma raison s'égare,
Je me sens frissonner, j'ai froid !
Le désespoir de moi s'empare !
Aimer où je n'en ai nul droit !

Ciel ! toute force m'est ravie !
En moi l'homme devient enfant !

L'émotion brise ma vie !
Mon âme part en gémissant !

Oh ! viens à moi, Dieu du courage,
Fais-moi prendre un nouvel essor ;
Sinon plus fier, rends-moi plus sage,
Par toi seul je puis vivre encor.

Viens, tu peux me tirer de peine,
Viens, je t'en conjure, aide-moi ;
De même qu'elle était ma reine,
Sois, dès aujourd'hui, sois mon roi.

Adieu, Délie ! adieu, princesse !
C'est fait, me voilà résolu !

LES VAGUES DE L'AME.

J'ôte la voix à ma tendresse,

C'est Dieu, c'est Dieu qui l'a voulu !

ELLE.

O Délie! ô charmante femme!
Toi qui charmes tous mes instants,
Qui possèdes toute mon âme,
Daigne, daigne écouter mes chants!

Je me sens ivre de tendresse,
Le vrai bonheur vient m'oppresser,

Je tressaille enfin d'allégresse,
Mon cœur palpite à se briser!

Apprends que ta brillante image
Partout s'attache à mes destins,
Que les formes et ton visage
M'inspirent des rêves divins!

Des rêves divins! ô délire!
Doux enchantement de mon cœur!
C'est ton image qui m'inspire,
Ton image! ô joie! ô bonheur!

Que tu me parais adorable,
Délie, ô ma divinité!
Et vois! la nature admirable
Contemple avec moi la beauté!

Il me semble que sur la terre
Tout se prosterne devant toi,
Que le monde entier veut te plaire
Et qu'il se range sous ta loi.

Vois! tout à coup le sol t'élève
Sur un trône couleur de feu!
Jusqu'à toi remontant sa grève,
Roule à tes pieds l'océan bleu!

Les astres en signe d'hommage
Du ciel s'abaissent vers ton front!
Et tout homme en doux témoignage
T'honore d'un respect profond!

Pour moi, de trouble, de délire,
D'étonnement et de plaisir,

Grand Dieu ! combien j'aime à le dire !

Je pense que je vais mourir !

Ton bonheur, mon ange, Délie,

Dis-moi qu'il est égal au mien....

Que cela soit, et sur ma vie,

Je ne puis désirer plus rien !

EN LIBERTÉ.

FRAGMENT.

Quand je vois les humains de leur courte existence
N'offrir au Créateur que molle indifférence.
Ridicule égoïsme et lâche ambition,
Je frémis d'épouvante et de confusion;
Je demande aux échos de nos humbles parages
Des progrès tant vantés quels sont les avantages.

Est-il donc plus de saints ou moins de malheureux ?
Hélas ! le vil calcul rend le savoir honteux,
Les arts vilipendés deviennent inutiles ;
Nous n'avons rien gagné que des brillants futiles,
Dont l'effet se détruit dans son immensité,
Ou plutôt nous étreint de sa fatalité.

Hommes, contentons-nous de ce que Dieu nous donne,
Passons nos jours en paix, la raison nous l'ordonne.
Pour quelle fin d'ailleurs, le savez-vous, savants,
Nous faudrait-il chercher d'autres arrangements ?
Prétendrait-on du ciel écarter les limites ?
Faire des vieux démons de tendres néophytes ?
Vraiment laissons cela : ce qui doit nous bénir
Ne viendra point de nous, il faut en convenir.

Cependant s'agit-il de combattre le vice,

D'honorer la vertu, j'aime le sacrifice,

Je ne suis plus à moi, je brave la raison,

Je veux à mon pouvoir un plus grand horizon.

Ainsi n'espérez pas, vous qui flétrissez l'âme,

Qui donnez tout au corps, qu'également infâme,

J'aille jamais souffrir vos ébats insensés.

Non, d'éternels combats nous tiendront divisés!

.   .   .   .

.   .   .   .

Hé quoi! de murmurer serais-je donc capable?

De moi-même en ce cas, certain d'être coupable,

Je voudrais triompher. Oui, mon Dieu, je le sais,

Nous vous devons beaucoup. mille et mille bienfaits :

Elle est toute pour nous cette belle nature !

Quel immense trésor pour une créature

Qui possède à la fois le sens et le penser,

Ces nobles dons unis, pour la diviniser !

La terre nous répand le parfum, la richesse ;

Le soleil nous sourit, ou le vent nous caresse ;

Respirer fait plaisir, nous aimons le repos ;

Le mouvement nous rend heureux, gais et dispos ;

Le calme nous convient, la tempête a ses charmes ;

L'amour nous fait verser tant de si bonnes larmes !

Et pensant à ceci : regrets de souvenir,

Fraîches sensations et rêves d'avenir,

Mon cœur, riant et triste, à ce tout qui l'embrasse,

Reflète l'infini du temps et de l'espace !

Qu'il est heureux aussi de pouvoir admirer

Le séjour idéal qu'il nous faut espérer,

Ce glorieux Olympe où l'ombre du saint ange,

Belle de pureté, d'un bonheur sans mélange

S'enivre et s'étourdit, vole, fait mille tours,

Verse dans le Seigneur ses charmantes amours.

Oh ! l'aimable transport dont on se réjouit

Lorsque le sang bouillonne et Phébus éblouit !

Oh ! le joyeux frisson qui glisse dans nos veines

Lorsque l'esprit troublé monte aux célestes plaines !

Tout serait grand et beau, si l'homme était loyal ;

Ni chagrin, ni douleur, ne seraient plus du mal,

S'il offrait ses revers à la Toute-Puissance,

Comme le pieux martyr lui porte sa souffrance.

O mes faibles accents, gravissez jusqu'aux cieux.

Souverain, je vous loue, avec des pleurs aux yeux !

LA MORT DE MON PÈRE.

Si souvent que je pense à la mort de mon père,
Je me sens accablé d'une douleur amère,
Bouleversé, brisé, plein d'angoisse et d'effroi.
Ah! c'est un souvenir qui me met hors de moi!
A l'heure de sa mort, à cette heure fatale,
Mon père! le voilà sur son lit, morne et pâle....

Autour de lui groupés, témoins de ses tourments,
Sont sa femme, son père et ses petits enfants;
Il les a fait venir sentant sa fin prochaine.
Son corps appesanti lui laisse l'âme saine,
Avec un peu de voix pour le suprême adieu.

« Mes bien-aimés, dit-il, je remonte vers Dieu;
« Tout est fini pour moi dans cet étrange monde;
« Déjà l'éternité m'enveloppe et m'inonde :
« Loin de vous le destin m'emporte pour toujours!
« Vous qui m'êtes si chers! ma vie et mes amours,
« Vivez encor longtemps, soyez heureux encore;
« Que Dieu vous fasse naître une plus belle aurore!
« Qu'il vous donne l'oubli de nos malheurs passés,
« Et les biens qu'il nous a jusqu'ici refusés!
« Oui, j'espère pour vous, et cela me console
« De prononcer si tôt ma dernière parole.

« Cependant, mes amis, je ne le cache pas,

« Je ne puis m'arracher aisément de vos bras.

« Vous le dirai-je aussi ? j'aimerais l'existence :

« Enfants, je prendrais soin de votre tendre enfance;

« Épouse, de tes ans j'embellirais le cours;

« Père, je deviendrais l'appui de tes vieux jours.

« Hélas ! souhaits perdus ! Dieu m'appelle, et j'expire !

« Puisque enfin ce bonheur ne doit pas nous sourire,

« Vous que j'aime, écoutez du moins mes derniers vœux;

« Ne sont-ils pas, d'ailleurs, que vous soyez heureux?

« Chère épouse, toujours mère prudente et sage,

« Va, ne contracte point de nouveau mariage;

« Père, pour les guider, prends ces enfants à toi;

« Et vous, mes enfants, vous...., souvenez-vous de moi. »

Là-dessus il se tait, vaincu par la faiblesse.

Il nous parle à présent d'un regard de tristesse....

Dieu! quel moment cruel! quel horrible moment!
De respecter ses vœux chacun fait le serment,
Avec cette chaleur affectueuse, austère,
Qu'on trouve seulement lorsque l'âme est sincère.

« Oh! — dit-il avec joie, et les larmes aux yeux, —
« Je suis content de vous! Voici donc mes adieux!
« Me donnez un baiser sur mon pâle visage,
« Venez, venez.... j'aurai maintenant du courage.... »

Ces mots depuis quinze ans vibrent dans mon cerveau,
Et me font chaque jour souffrir un mal nouveau.
Est-ce donc ce discours qui m'est le plus pénible?
Au baiser solennel je suis bien plus sensible :
Mon père frissonnait; son baiser fut glacé,
Tant qu'il m'en reste au cœur un froid qu'il m'a passé.
Puis l'éternel sommeil tomba sur sa paupière....

On le mit au cercueil.... ensuite au cimetière....

O mon Dieu! je l'ai vu, je le vois, j'en frémis!...

. . . .

Chacun reste fidèle à ce qu'il a promis.

PATRIE ET FAMILLE.

I.

Jadis, — dit-on, — le jour n'avait point vu l'aurore
    Ni l'air répété les échos,
Ni la vie éveillé les atomes encore;
Il n'existait sous Dieu que nuit sombre et chaos.

Une voix tout à coup s'éleva du mystère,
    Et l'Univers fut enfanté!
Les étoiles au ciel, les hommes sur la terre,
Tout frémit de lumière et de fécondité.

Déjà tout fut réglé dans la nature immense,
  Le destin de l'homme excepté;
Il avait cependant l'esprit et la puissance;
Il aurait le bonheur sitôt que mérité.

Arriver à la paix d'une famille stable.
  A la grandeur d'un peuple roi,
Tel était ici-bas l'avenir désirable,
L'avenir proposé par l'éternelle loi.

On était loin du but, et les chemins pénibles
  Réclamaient les plus grands efforts;
Il fallait traverser tant de siècles terribles,
Et derrière laisser des légions de morts.

Mais, s'il faut déployer un suprême courage,
  S'il faut affronter mille maux,

Le résultat qui suit n'en vaut que davantage,
Et les jours de bien-être en sont d'autant plus beaux.

II.

Nos aïeux ont gémi longtemps dans la souffrance,
Se disputant la vie avec les animaux,
Vivant entre eux sans lois et dans la défiance,
Rien ne leur répondant du fruit de leurs travaux:
Les faibles, les vieillards, les enfants et les femmes,
A des douleurs sans nom étaient abandonnés,
Sinon, jouets du sort et d'usages infâmes,
A des tourments cruels durement condamnés.

La terre était inculte, exemple d'un dédale,
D'un mélange infini de détours incertains;

Le pouvoir bienfaisant d'une heureuse morale
Jusqu'alors n'avait pas adouci les humains;
Nulle commodité ne flattait l'existence;
Peu nourri, mal vêtu, dans des antres logé,
De chacun et de tous en proie à l'inclémence,
Voilà comme on vivait, par l'espoir seul guidé.

Ainsi que l'Océan que l'orage secoue
Se démène et se brise aux angles des récifs,
La race humaine entière, où le malheur se joue,
Se tord et se déchire aux écueils destructifs.
Un murmure confus dans les airs se déploie;
La Discorde parcourt tous les pays divers;
Satan se réjouit et pousse un cri de joie
Dont le bruit fait frémir les cieux et les enfers.

C'est vrai, le calme enfin succède à la tourmente;

Des nuages épais ne voilent plus les cieux;

La voix de l'Océan n'est plus sombre et souffrante,

Et Satan ne sait plus jeter des cris joyeux.

Enfin, l'humanité n'est plus désordonnée,

Et triste, et malheureuse, et sans culte, et sans lois.

La patrie est éclose, et la famille est née;

Remercions-en le ciel et la terre à la fois.

III.

La patrie! à ce mot tout un peuple s'enflamme!

On sent battre son cœur et s'animer son âme!

Pour elle, à la vie, à la mort!

Car nous sommes heureux ou souffrons avec elle;

Elle se joint à nous généreuse et fidèle,

Nous, vouons-lui notre sort.

C'est elle qui jadis contre toutes injures
Défendait nos aïeux, leurs toits et leurs cultures :
  Telle, écartant de ses enfants
Le souffle des revers et l'horreur des tempêtes,
Une mère sans cesse au-dessus de leurs têtes
  Déroule ses soins vigilants.

Et c'est nous maintenant qu'elle prend sous sa garde,
Uniquement pour nous, car elle nous regarde
  Comme les fils de son amour;
Et cette affection dont son cœur surabonde,
Ces torrents de bonté dont elle nous inonde
  Couvriront nos enfants un jour.

Les sciences, les arts, l'éclat de l'industrie
Sont autant de trésors issus de la patrie,
  Qui concourent à nous charmer.

Les troupeaux, les moissons, sous ses vaillants auspices,

Viennent nous présenter les paisibles délices

    Que l'abondance fait germer.

Puis l'éducation forme l'intelligence;

Puis la société comprend que l'indulgence

    Est le propre de la grandeur,

En cent pays la paix s'établit chez les hommes,

Et le Père éternel à tous tant que nous sommes

    Promet un éternel bonheur.

IV.

Le bonheur par l'amour! Que partout l'amour brille,

Régnant de prime-abord au sein de la famille!

    Les époux pour la vie unis

N'ont plus qu'un sort commun, qu'une même espérance;

Ils peuvent s'entr'aimer, s'aimer de confiance,

  Se consoler de leurs soucis.

Qu'un père aime son fils, le fils aussi son père;

Et la mère sa fille, et la fille sa mère:

  Que tous d'ailleurs s'aiment entre eux.

L'amour unit les cœurs; aimons son doux empire;

Par l'amour tout est beau, l'amour fait tout sourire,

  Par lui les anges sont heureux.

Dans la société l'amour de la famille,

En nous rendant meilleurs, s'étend et s'éparpille,

  Et nous aimons notre prochain.

Nous lui tendons, s'il souffre, une main secourable;

S'il a faim, nous souffrons de le voir misérable,

  Et lui partageons notre pain.

Aimons, aimons-nous donc! l'amour de joie enivre,

Et nous tient lieu de tout, car il nous fait bien vivre :

   C'est la paix, c'est la piété!

Et par lui les humains, qu'au bonheur Dieu convie,

Mériteront du ciel pour l'éternelle vie

   L'éternelle félicité.

LES DEUX PRINTEMPS.

Quand la terre revêt sa robe de verdure,
Que des milliers d'oiseaux chantent à leur réveil,
Et l'onde du vallon plus doucement murmure,
Et l'orient redonne un matin plus vermeil,

      C'est le printemps de la nature !

Quand d'un vague désir une âme poursuivie
Est la nuit inquiète, et rêveuse le jour;
Qu'un magnanime et doux sentiment la convie ;
Qu'elle en appelle au ciel, à la terre, à l'amour,
     C'est là le printemps de la vie!

O printemps, ô beaux jours! O printemps, ô jeunesse!
Que vous faites aimer la nature et les cieux!
Que d'êtres ont béni la divine sagesse,
Par un peu de bonheur rendus doux et pieux,
     Rien que pour un moment d'ivresse!

ELLE.

O lumière
Printanière,
Suave chaleur,
Vous voilà donc revenues
Pour charmer son cœur !
Ah ! soyez les bienvenues !

Salut! fleurs

Aux couleurs

Tendres ou brillantes;

Salut! salut! gazons frais,

Collines charmantes;

Salut! bocages épais!

Ce sourire

Que j'admire

Dans tout l'univers

Lui donnera cette joie

Qu'aux objets divers

La belle saison envoie!

Le bonheur

Dans son cœur

Choisira sa place!

Elle est heureuse déjà !

  O printemps, de grâce !

Encore réjouis-la.

    Harmonie,

    Doux génie

  De nos visions,

Laisse descendre sur elle

  Les illusions

De la demeure éternelle.

    .   .   .   .   .   .

    Ciel, merci !

    Nul souci

N'atteint plus son âme ;

Je vois la félicité

Peinte en traits de flamme
Dans ses yeux pleins de bonté !

La puissance
Qui dispense
Ces riches trésors,
L'aimable main qui lui donne
Ces joyeux transports
Doit être vraiment bien bonne !

O mes chants,
Vrais élans
De reconnaissance,
Retentissez en tous lieux !
Que mon cœur s'élance
Avec ferveur vers les cieux !

O lumière

Printanière,

Suave chaleur,

Vous voilà donc revenues

Pour charmer son cœur!

Ah! soyez les bienvenues!

L'HOMME.

Quelque petit que soit, au milieu de l'espace,
Un point qu'on voit à peine, un moucheron qui passe,
Ou bien un grain de sable au fond des vastes mers,
C'est l'image du monde au sein de l'univers.
Pourtant voilà ce monde, impuissants que nous sommes,
Qui ne reconnaît point l'influence des hommes!

Et pourquoi pas? ce rien pour l'homme étant plus grand

Que pour une fourmi la masse du Mont-Blanc.

Si nous avions encore une longue existence!

Mais dans l'éternité, qui malgré nous s'avance,

La somme de nos jours, quand nous vivons longtemps,

Est moins qu'une seconde en deux fois dix mille ans.

Ainsi nous cessons d'être? ou la grande nature

A caché dans la nuit sa pauvre créature?

Non pas! l'homme, en dépit des meilleures raisons,

Surpasse en dignité tout ce que nous voyons.

Les mondes et les cieux doivent lui rendre hommage!

Il a l'intelligence, et sans elle en partage,

Le temps et l'univers, que l'on estime tant,

Malgré leur majesté tombent dans le néant!

Quoique ignorant son but, quoique né du mystère,

L'homme cherche sa route, il foule aux pieds la terre,

Et, s'il s'enorgueillit de tant de liberté,

Il a son temps aussi, pour lui, l'éternité!

AU CIMETIÈRE.

Froids et sombres tombeaux, ténébreux cimetière,
Je viens le cœur navré dans ce lugubre lieu
Pour exhaler au ciel une faible prière,
    Et parler mieux à Dieu,

Éternel Souverain, je suis tremblant et pâle !
Je crains en même temps de vivre et de mourir !
Une douleur mortelle, une ombre sépulcrale,
    Me forcent à gémir,

Ah! pourquoi suis-je né? qui viendra me l'apprendre?
Ai-je bien la raison? Je ne me connais pas!
Je sais que me voici, mais je ne puis comprendre
        Rien que mon embarras!

Rien! comme je frissonne et ma tête se trouble!
Mon Dieu, tout ignorer! Donnez-moi le savoir!
Pitié, pitié, Seigneur! ma souffrance redouble!
        Sais-je bien mon devoir?

O mon Dieu! répondez; je n'ai que la prière!
Venez me secourir, j'ai déjà tant pleuré!
Parlez et commandez, car vous êtes mon Père,
        En tout j'obéirai.

ELLE.

Merci, mon Dieu! j'ai vu Délie
Plus rayonnante que jamais....
Les maux passés, je les oublie,
Merci, mon Dieu, de vos bienfaits!

Quand je revois celle que j'aime,
Soudain je sens battre mon cœur;
Alors aussi je deviens blême,
Mais tout cela, c'est de bonheur.

5

La voir! c'est ma béatitude!
Puissé-je la voir en tout temps!
De mon cœur c'est la plénitude!...
La voir!... ne fût-ce qu'un moment!

Oh! oui, si Dieu venait me dire :
« Consentez à ne plus la voir,
« Et vous aurez dans mon empire
« Après moi le premier pouvoir;

« Vous aurez ce qui fait la joie
« Des anges et des bienheureux :
« — Tous les biens que je leur envoie
« Seront à jamais avec eux! —

« Pour vous je ferai des étoiles
« Des soleils, des mondes nouveaux,

« Pour vous je lèverai les voiles

« De mes mystérieux travaux.

« Vous verrez du passé la chaîne

« Qui roule dans l'obscurité;

« Vous lirez l'avenir sans peine

« Jusqu'au sein de l'éternité! »

O Dieu! pardonnez mon délire,

Dirais-je, ce n'est le savoir

Ni la grandeur que je désire :

Laissez, laissez-moi la revoir...

ELLE.

Ah! quelle émotion! J'ai vu Délie en songe!
Elle m'aimait un peu.... quel doux, quel doux mensonge!
Je criais de bonheur, et d'extase, et d'amour....
Délie, oh! c'est réel, me payait de retour!
Et je me prosternais aux pieds de mon amante...
Elle se la disait! elle était si charmante!...

ɛ.

Sa main touchait ma main, son front mon front de feu....

Souvent j'ai blasphémé, ne croyant plus en Dieu,

J'avais tort, à genoux, mon Dieu, je le confesse,

O Seigneur, ô mon Dieu!... Délie, ô ma Déesse!...

SOUCI.

Le monde.... qu'il est beau ! chacun le sait sans doute ;

Que ne sait-on aussi sa route !

Si l'humaine raison comprenait le destin,

Serait-il donc moins grand ? et faut-il du mystère ?

En vain je pense et considère

Les sinuosités de mon étroit chemin.

Dans ces terrestres lieux, que l'homme rie ou pleure,

Qu'il naisse, qu'il vive, ou qu'il meure ;

Qu'un souffle plein d'horreur des bois glisse aux vallons ;

Qu'un lugubre ouragan rugisse sur nos têtes,

Menaçant éclate en tempêtes,

Et l'éclair trace en feu de sinistres sillons;

Ou que le firmament, lumineux et paisible,

Dans le ciel marche à l'œil visible;

Que la voûte d'azur reflète à nos esprits

Les traits des séraphins et les jeux angéliques,

Toutes les splendeurs olympiques,

Les rayons , plus purs, des âmes et des ris,

Tout est toujours mystère : à l'oreille, à la vue,

Tout parle une langue inconnue!...

Or, quand on a la foi, vous le savez, Seigneur,

Ce n'est point franchement une foi pure et sainte :

C'est tant l'espoir et tant la crainte

Qu'on ne fait qu'obéir aux penchants de son cœur,

IMPATIENCE.

Principe de tout être,
Inconcevable loi,
Lorsque tu m'as fait naître,
Que voulais-tu de moi?

Hélas! je dois le croire,
Tu pensais à ta gloire
Plutôt qu'au malheureux

Tant de misère insigne
N'est pas une œuvre digne
D'un pouvoir généreux !

Ma vie est si cruelle,
Et depuis si longtemps !
Je ne suis point rebelle,
Vois-tu, je suis souffrant.

O mon Dieu, que je meure !
Sonne, ma dernière heure,
Et sèche enfin mes pleurs !

Vivre ! qu'importe au monde
Mon âme vagabonde
Qui n'a que des douleurs ?

ON S'EN ÉTONNE!

Quoi! l'homme? toujours l'homme? il est tout dans le monde
Il mérite de Dieu lui seul l'attention?
Quand je dis: Qu'est-ce, l'homme? il faut qu'on me réponde
    C'est la création?.

Quoi! tous ces animaux, pauvres fous que nous sommes,
Ne sont là que pour nous? et toi, Dieu créateur,
Tu leur donnas pour rien ces sentiments des hommes,
    La joie et la douleur?..

ELLE.

Je la vois!... Sur mon âme,
C'est une noble dame,
   Aux yeux bien doux!
Un chacun la désire,
On la prie, on l'admire
   A deux genoux!

Elle est grande, bien faite,
Aimable, plus parfaite
   Que les humains.

J'aime son beau visage,
Son maintien, son langage,
    Ses blanches mains.

Un jour passant près d'elle,
Je lui dis : « Toi si belle,
    « Fleur des amours,
« Pour toi je m'abandonne,
« Trop heureux si je donne
    « Jusqu'à mes jours. »

Mais ce discours l'irrite,
Si bien qu'elle me quitte
    Très-brusquement !
D'un regard pour ma peine
Elle me dit sa haine
    En s'en allant !

Puis revint ce bel ange,

Par un bonheur étrange,

   Tout près de moi....

Tout près de moi me dire

Avec un doux sourire :

   « Je suis à toi. »

Mais ce n'était qu'un rêve !

Non ! le destin achève

   De m'accabler !

Il se fait plus sévère

Au moment qu'on espère

   Se consoler !

FANTAISIE.

Enfin ! seul maître de moi-même,
Je ne dois plus, toujours de même,
Sur un bureau plier le cou !

Enfin ! je suis à la campagne,
Je cours les bois et la montagne,
C'est un plaisir à rendre fou !

Un rayon du soleil me caresse et me charme ;
J'entends là des oiseaux....

6.

Je les entends toujours.... Du vent la douce alarme
     Se plaint dans les rameaux....

     Voilà des fleurs! Qu'elles sont belles,
     Se penchant doucement entre elles!
     Les voilà!... J'en veux un bouquet....

     Qu'il est doux, perdu dans la plaine,
     D'aller au bord d'une fontaine
     S'asseoir à l'ombre d'un bosquet!

Le monde me sourit, je suis heureux de vivre;
     Je chante mon bonheur!
Ma santé, le beau jour, tout m'enchante et m'enivre;
     Je rends grâce au Seigneur.

PAYSAGE.

Chemin faisant, je regarde au hasard ;
Mille sujets de douce rêverie
De tous côtés s'offrent à mon regard.

Vers l'occident, une immense prairie
Étend là-bas son tapis de gazon,
Et le soleil, illuminant la plaine,
Rayonne encore au bord de l'horizon.
Dans le lointain flotte l'ombre incertaine,
L'aspect mouvant d'une foule d'oiseaux,

Gris argentés, qui rentrent de voyage;

Ils vont plus loin, là sur les arbrisseaux,

Pendant la nuit dormir sous le feuillage.

Et qu'est-ce encore? Un berger de vingt ans,

Qui se promène avec Lisa la blonde!

Oh! le baiser! Bravo! tendres amants;

C'est par l'amour qu'on est heureux au monde.

Au nord, au sud, où se portent mes yeux,

Quelque vieux chêne à la cime touffue,

Par-ci, par-là, semble ombrager les cieux.

A l'orient, presque à perte de vue,

Les arbres sont plus forts et plus nombreux,

Même le sol s'y relève en montagne,

Comme pour dire au soleil ses adieux....

Continuant d'admirer la campagne,

Sous les grands bois, j'aperçois des buissons,

Puis des têtards, du lin dont la fleur s'ouvre,

Et des pavots, et de blanches maisons,

Mille beautés que le regard découvre

Avec bonheur, avec ravissement....

Soyez bénis, fleurs, verdure, jeunesse,

Chastes objets que le souffle du vent

Égaie, arrête et ranime sans cesse....

Enfin, voilà des brebis, des chevreaux,

Les uns broutant, d'autres jouant ensemble,

Ainsi que font ces innocents troupeaux;

Et près de moi, sur un rameau qui tremble,

Un beau pinson qui redit son refrain.

En vérité, la terre est si féconde,

L'air est si bon, le ciel est si serein,

Qu'on doit aimer ce doux et noble monde.

Mais écoutons les oiseaux gazouiller....

Contents du jour, ils babillent encore.

Tantôt, comme eux, nous irons sommeiller,

Jusqu'à demain au lever de l'aurore.

ELLE.

Jo la vois partout et toujours!
Car son éblouissante image
Occupe mes nuits et mes jours,
Ma tête et mon cœur sans partage.

O lo beau chef-d'œuvre de Dieu!
Des traits si fins, pleins de tendresse!
Des yeux si doux, pourtant de feu!
Dans lo maintien tant de noblesse!

O le beau chef-d'œuvre de Dieu !

Qu'elle est aimable, et qu'elle est belle !

Dans quel pays et dans quel lieu

Vit-on jamais beauté comme elle ?

Oui, c'est un type sans rival,

C'est la perfection du rêve,

C'est le divin, c'est l'idéal,

Mais plein de vie et plein de sève.

Et cet air si pur de bonheur !

Et ce cachet d'intelligence !

Et ce mélange de douceur,

D'esprit, de force et d'indulgence !

Va ! c'est un ensemble sans nom,

Que l'œil voit, que le cœur admire,

Mais que l'imagination
Elle-même ne peut décrire.

C'est la voir! c'est la voir qu'il faut!
Dieu! qui la verrait sans extase?
Qui pourrait l'aborder front haut?
Pour moi, sa majesté m'écrase.

Son seul aspect me fait trembler
Comme une feuille au vent d'automne,
Mon sang se refuse à couler,
Toute force enfin m'abandonne.

Et cependant voilà sept ans
Que j'endure cette souffrance,
Car c'est souffrir ce que je sens,
Souffrir sans la moindre espérance.

Sept ans sans rien, rien espérer,
Car, hélas! le sort me condamne
A n'oser rien que l'admirer :
C'est trop haut pour moi qu'elle plane.

En secret, — ainsi qu'un parfum,
De crainte qu'il ne s'évapore, —
Pendant sept ans porter quelqu'un
Dans son cœur, quelqu'un qui l'ignore!

Ah! c'est affreusement souffrir!
Il vaudrait mieux cesser de vivre.
Oui, vraiment, je voudrais mourir!
Oui, que le trépas me délivre!

Mourir! quoi, sans lui dire adieu?
Sans lui dire combien on l'aime

S'éteindre à jamais? O mon Dieu!
Pitié! pitié! Bonté suprême!

Mourir avant d'avoir appris
Si mon amour est pardonnée!
Mourir couvert de son mépris!
Est-ce bien là ma destinée?

ELLE.

Est-ce bien là ma destinée ?
Lui demandais-je tristement,
L'âme à la crainte abandonnée,
Car l'amour rend triste et tremblant.

Mon anxiété fut extrême,
Et le front baissé, j'attendais
Mon jugement dernier, suprême,
Que déjà, quel qu'il fût, j'aimais.

Car fût-elle même cruelle,
Mon cœur ne peut que l'adorer;
Je l'aime plus pour l'amour d'elle
Que pour moi, je puis le jurer.

Grand Dieu! quelle fut sa reponse?
Le silence.... verbe des dieux!
Ma peine à s'exprimer renonce;
Je me tais.... que sais-je de mieux?

Que sais-je de mieux? La colombe,
Quand la flèche a percé son cœur,
En tournoyant descend et tombe :
Elle ne dit pas sa douleur.

UN COEUR DE POËTE.

A MONSIEUR BENJAMIN KIEN.

I.

— Travaillez, travaillez! voici déjà l'aurore!
— Tout me dit : travaillez! Le puis-je donc encore?
Prenez pitié de moi, voyez mes faibles bras....
On m'a vu travailler.... mais enfin je suis las;
Laissez quelques instants mes forces se remettre,
Soyez indulgent : c'est pour y gagner peut-être.

— Pas d'observations ! Tous ces gémissements
(J'en connais la valeur) me sont indifférents.
Travaillez, travaillez ! voici déjà l'aurore !
Il le faut, je le veux, vous le pouvez encore !
— Considérez.... Mais quoi ! le cruel m'a quitté !
O Dieu ! comment peut-il m'avoir ainsi traité ?
Car il n'est pas méchant, et de toute son âme
Il aime, je le sais, ses enfants et sa femme.
Il rend sa femme heureuse, ainsi que ses enfants,
Et mérite l'amour de ces êtres charmants.

> La famille de mon maître,
> Elle est belle en vérité !
> Oh ! je sens mon cœur renaître
> Quand je vois tant de bien-être,
> Tant de grâce et de bonté !

II.

Les serres du malheur, par de rudes étreintes,
M'arrachent malgré moi des soupirs et des plaintes.
Ah! Dieu veut m'accabler, mon sort est inhumain!
Je languis oublié, triste et mourant de faim!
Je suis privé d'habits, privé de couverture....
Mon toit tombe en ruine, et l'orage murmure....
Et tandis que ces maux me remplissent d'émoi,
Mon sang se refroidit, l'eau ruisselle sur moi....
Je pourrais, il est vrai, m'excusant sur mon âge,

Mendier du secours dans l'heureux voisinage;

Mais quel secours? qui tend la main de l'amitié?

Le malheureux à peine inspire la pitié!

On m'évite, on me craint comme une boue impure....

Cependant tout est bien dans la grande nature;

C'est pour l'homme que Dieu fait mûrir les moissons,

Qu'il fait croître la laine, et changer les saisons.

> Doux fruits d'un vaste domaine,
>
> Beautés, trésors infinis,
>
> Fleurs du ciel et de la plaine,
>
> Vous charmez la vie humaine:
>
> Soyez loués et bénis!

III

Hélas! à quoi me sert de savoir que l'on aime,

De contempler le monde en sa beauté suprême?

Je suis toujours infirme, et vieux, privé de tout!

Je trouve la douleur et le vide partout!

En vain je me résigne, et je prie, et j'espère....

Le Seigneur ne vient point soulager ma misère!

Ma famille est éteinte, et je n'ai nul appui;

Celui qui m'a cherché m'abandonne aujourd'hui!

Ah! que faire? que faire? Il faut que je succombe....

Je ne saurais plus vivre.... Il fait froid dans la tombe....

Mais j'aperçois le ciel dans toute sa beauté;

Là triomphent la joie et l'immortalité!

L'amour spirituel! le pur idéalisme!...

Qu'importe si je souffre! en moi plus d'égoïsme;

Désormais, souriant au bonheur des élus,

Et louant le Seigneur, je ne me plaindrai plus.

      O mon Dieu, mon Roi suprême,

      La source du vrai plaisir,

      Je vous admire et vous aime;

      Pour vous, m'oubliant moi-même,

      Je veux à jamais souffrir.

ELLE.

Sais-tu, chère Délie, aimable autant que belle,
Toi dont le doux regard de bonheur étincelle,
Sais-tu combien on peut ressentir de douleur
Lorsque le désespoir nous entre dans le cœur ?

Si tu le sais, tu dois assurément me plaindre,
Moi dans un tel état que pis n'est point à craindre,
Et les affreux tourments qui causent mon émoi
Dans toute leur rigueur m'étant venus de toi.

Tes beaux yeux, en brûlant d'une céleste flamme,
M'ont abreuvé du feu qui consume mon âme.
Toi seule tu pouvais me faire ainsi souffrir;
Tu peux, tu peux aussi, toi seule, me guérir.

Mais non! tu n'entends point les cris de ma détresse,
Ils n'ont point ébranlé ton séjour d'allégresse.
Je t'ai tant recherchée en vain! Point de secours!
Un cœur indifférent, quand je brûle toujours!

Une parole, un geste, un rien m'eût fait revivre;
A qui n'en but jamais, si peu de vin enivre.
Il en est temps encor, mon ange, mon amour,
Et tu seras de Dieu bien traitée à ton tour.

Que ne puis-je du moins sur ta main adorée
Déposer en baisers ma tendresse éplorée!

Que ne puis-je un instant la tenir sans regrets,
La couvrir de mes pleurs, et trépasser après !

Mon cœur déborderait d'une joie infinie !
Que je serais heureux ! que tu serais bénie !
Pour la moindre faveur quel hommage profond !
Rien que d'y penser, mon âme se confond !

Et ceux à qui le ciel dans sa munificence
Accorde le bienfait de vivre en ta présence,
Sous ta loi, sous tes yeux, dans tes bras, sur ton cœur,
Ces bienheureux mortels savent-ils leur bonheur ?

Savent-ils que du temps la durée éternelle
N'a point encor produit de personne aussi belle ?
Qu'aucun poëte encor n'a ni vu ni chanté
Si parfaite vertu, ni si rare beauté ?

Pensent-ils que les ans s'en vont avec vitesse?
Qu'il faut marquer les jours que leur passage laisse?
Ces jours unis aux tiens, ces jours si précieux,
Que nul bien ne les vaut sous la voûte des cieux!

La mort contre laquelle il n'est point de ressource,
Pensent-ils que la mort précipite sa course?
Qu'elle arrache en tous lieux des adieux plus amers
Pour rendre ces instants mieux sentis et plus chers?

Oh! s'ils y pensaient bien, comme une douce ivresse
Éveillerait en eux une douce tendresse!
O Délie! ils voudraient par leur fervent amour,
Voudraient, dis-je, augmenter ton bonheur chaque jour.

ELLE.

.

Délie

Avant peu

Se marie....

O mon Dieu !

. . . . . .

ELLE.

Je l'aimais tant!... je l'aime encore;
Pourtant c'en est fait sans retour!
Au loin, j'ai vu briller l'aurore,
Je ne devais pas voir le jour!

Je l'aimais tant! Dieu me regarde;
Il est témoin de mes serments,
Eh bien! pour jamais je lui garde
Ma foi, des fleurs et de l'encens.

A charmer sa belle existence
J'eusse mis des soins si constants!
J'eusse mis toute ma science,
Et ma gloire, et tous mes instants!

Que n'a-t-elle, hélas! su comprendre
Le plus aimant de tous les cœurs!
Elle ne saurait s'en défendre,
Nul n'eut des sentiments meilleurs.

A MA SŒUR LÉONIE.

Par quel vivant instinct, par quel secret mystère,
A travers tant de maux, d'orages, de tourments,
Mon cœur a-t-il gardé ton image si chère,
O ma petite sœur, morte depuis quinze ans?

Je crois te voir encor toute belle et gentille,
Belle de mille attraits, d'esprit et de bonté!
Belle! charmante! enfin, la plus aimable fille
Qui jamais ait paru parmi l'humanité!

Mais, comme au souvenir de ta grâce enfantine
Dans mon âme se joint celui de tes douleurs!
Tu fus donc douce en vain! Le mal partout domine!
Ah! mes yeux n'en pourront verser assez de pleurs!

Depuis ton premier jour jusqu'à ton agonie,
Nul doux rayonnement n'égaya ton chemin.
Tu fus bien malheureuse, ô ma sœur Léonie!
Oui, le malheur toujours, ce fut là ton destin!

D'une amère pitié je ne puis me défendre!
Mon cœur rend ma raison muette, et sourde aussi.
Pauvre enfant, pauvre sœur, pourquoi donc mon cœur tendre
A ton cher souvenir s'afflige-t-il ainsi?

ALBERT ET CAROLINE.

Albert était très-jeune, et surtout beau garçon ;
Il était gai, charmant ; il avait le cœur bon.
Et Caroline était plus belle et plus rieuse
      Peut-être aussi plus généreuse.

A Paris tout d'abord ils se virent souvent,
Et le ciel dans leurs cœurs fit naître la tendresse.

Bientôt ils désiraient se rencontrer sans cesse ;

Ils s'aimaient tous les jours plus passionnément.

Quand Albert l'appela sa chère enchanteresse,

      Elle répondit : Mon amant !

Je laisse à deviner leur commune allégresse.

Un jour, assurément le plus beau de leurs jours,

L'hymen aux doux attraits couronna leurs amours.

C'était au mois de mai. Dans sa beauté première

Le printemps déroulait ses festons et ses fleurs ;

L'air était tout rempli de suaves odeurs ;

Le soleil répandait une douce lumière ;

Dieu regardait le monde, et la nature entière

Venait de revêtir ses plus belles couleurs.

Albert et Caroline avaient près de Paris

Un palais entouré de jardins magnifiques,

Séjour d'enchantements, lieux charmants et magiques!

Rien moins qu'une merveille, un second paradis;

Partout des lits de mousse et des gazons fleuris

Reposent sous de frais ombrages.

Voici des pavillons, des tertres et des eaux;

Voilà des bois divers recélant mille oiseaux

Qui gazouillent dans leurs feuillages.

Quel séjour, quels jardins plus beaux!

Et les époux, venus dans ces lieux si propices,

Plongés dans le bonheur comme des bienheureux,

Ne se quittent jamais, ne vivent que pour eux,

Et ne songent qu'à leurs délices.

Dans les bras l'un de l'autre, à l'ombre des grands bois,

Cachés à tous les yeux, combien, combien de fois

Ne répètent-ils pas tous ces mots que soupirent

9

Les amants, quand la joie et l'amour les inspirent ?

Il se passe des jours, des semaines, des mois;

Leurs mutuels transports jamais ne se réduisent.

Et sans doute on craindrait qu'à la fin ils n'épuisent,

En même temps que leurs désirs,

La coupe entière des plaisirs.

Mais leur félicité se maintient, dure encore....

Leur bonheur est si grand qu'il ronge et qu'il dévore....

Ils mourraient de bonheur, si cela se pouvait.

Cependant, ô Destin, ce temps doré passait!

La nuit suivait le soir, le jour suivait l'aurore,

Et les heures marchaient, marchaient toujours ainsi,

Sans trêve, ni repos, sans grâce, ni merci!

Certain jour, retirés sous l'ombreuse verdure,

Nos époux, contemplant l'admirable nature,

Virent jaunir déjà les feuillages des bois !

Caroline en sentit de secrètes alarmes,

Et voulut vainement retenir quelques larmes,

En pensant quelles sont du sort les dures lois....

Albert en fut ému.

— Je pensais, mon amie,

Dit-il, que nul n'était aussi content que nous;

Que nous étions d'ailleurs vraiment dignes d'envie.

— Mon bien-aimé, c'est vrai, nous devons entre tous

Nous estimer heureux, et notre vie est belle!

Néanmoins quelque chose, Albert, ajouta-t-elle,

Flétrit jusqu'au bonheur dont nous pouvons jouir,

Quand on songe aux mourants, à leur douleur cruelle....

Combien sont à la mort!... Puis, chacun doit mourir!

Du temps la marche est éternelle,

Et peut-être demain serons-nous divisés !

Là-dessus ils pleuraient, tendrement embrassés.

    Longtemps ils pleuraient de la sorte...

Mais quoi ! leurs tristes cœurs furent soudain brisés :

La pauvre femme apprit que sa mère était morte !

Que dis-je ! un peu plus tard elle mourut aussi !

Elle et son enfant ! car, pour comble de misère,

Elle mourut, hélas ! au moment d'être mère....

Albert, à moitié fou, se trouva seul ainsi ;

Et ces lieux, qu'il avait connus si pleins de charmes,

Ne furent plus pour lui qu'une cause d'alarmes.

    N'est-ce pas la loi du Destin ?

    Tout bonheur a son lendemain.

A MON GRAND-PÈRE.

Parmi les sentiments qui vivent dans mon âme,
Il en est un surtout que j'aime et qui m'enflamme.
O sentiment chéri, qui fais battre mon cœur,
Mélange singulier de peine et de bonheur,
Que ton souffle est brûlant! que grande est ta puissance!
Quel sentiment t'égale, ô ma reconnaissance?
Muse, du feu sacré qui cause mon émoi,
Daigne faire monter des chants dignes de toi;

9.

Daigne, si de mon chant le sujet peut te plaire,
Me prêter des accords, exaucer ma prière.
Je dirai, si tu veux, la cruauté du sort,
L'ombre de mon aïeul, et sa vie, et sa mort.

Mon cher grand-père, ô vous! guide de ma jeunesse,
Vous qui pour vos enfants aviez tant de tendresse,
Moi qui vous aimais bien quand vous étiez vivant,
Que n'ai-je eu plus d'amour pour vous qui m'aimiez tant!
Ah! qu'il fût bien rempli, le mandat tutélaire
Reçu de votre fils à son lit mortuaire,
Là que je vous ai vu la seule fois pleurer!
Alors votre grand cœur s'était senti navrer,
Lui qui dans tous vos maux se montrait indomptable,
Et ne s'effraya point de la mort implacable,
Quand plus tard elle vint, par d'atroces douleurs,
Terminer lentement vos jours et ses rigueurs.

Mais, aïeul bien-aimé, si rude pour vous-même,

Que vous étiez pour nous d'une douceur extrême!

Quelle langue jamais dira le dévoûment,

Les soins affectueux, le tendre attachement

Dont vous avez comblé notre débile enfance?

Quelle abnégation! quelle persévérance!

Oh! que vous nous aimiez! vous ne viviez qu'en nous,

Comptant pour rien la peine et les regards jaloux,

Vous estimant heureux d'un constant sacrifice,

Ayant pour seule loi l'amour et la justice,

Et nous donnant ainsi, conforme à vos discours,

L'exemple des vertus, si rare de nos jours.

Combien il a fallu de force et de courage

Pour vaincre dans la lutte et finir votre ouvrage!

Car l'aveugle ignorance et la méchanceté

Combattaient contre vous avec brutalité;

Et pas un cœur ami ne vous donnait asile!

Nous-mêmes, tant de fois, car tout vous fut hostile,
Avec les ennemis nous nous sommes rangés !
Nous en sommes en vain maintenant affligés :
Le mal fut accompli, vous en fûtes victime,
Mais sans nous en vouloir, sans nous en faire un crime;
Vous nous disiez alors :

        « Votre grand-père, enfants,
« Ne veut pas vous punir de vos égarements,
« Vous n'êtes pas encore en état de comprendre;
« Je travaille pour vous, et tiens à vous défendre;
« Vous comprendrez plus tard ce que pour vous je fais. »

Oh! nous l'avons compris! Gloire à vous à jamais!

Mais, hélas! à quoi bon? dans ce dédale sombre
Il ne reste de vous, cher aïeul, que votre ombre!

Vous nous avez quittés! et nous ne savons pas

Si notre amour vous sert après votre trépas!...

Car, votre âme, qui sait ce qu'elle est devenue?...

Quoi! vous n'êtes plus là, triste déconvenue!

Pour recevoir nos soins et nos assiduités,

Si volontiers rendus, et si bien mérités!...

Quoi! nous n'entendrons plus sortir de votre bouche

Le mot d'affection qui console et qui touche!

Non! au séjour des morts vous êtes descendu,

Et de vous voir encor tout espoir est perdu!

Vous revoir?... à mes yeux voir vos traits reparaître?

Vive Dieu!... Par malheur cela ne peut pas être;

Non, non! par tout l'attrait de la réflexion,

Vainement je voudrais me faire illusion.

Vous êtes bien parti pour ne plus nous entendre,

Ne jamais revenir, ne plus rien nous apprendre!

Ah! parti! pour toujours! Mais c'est horrible, affreux

Et, quoi que puisse faire un homme malheureux,

Rien n'y peut rien changer, ni l'amour, ni la haine;

Tel est le dernier mot de la science humaine !

Ainsi, cher bienfaiteur, aujourd'hui ni demain,

Ma main ne touchera jamais plus votre main !

Les lieux que vous avez foulés naguère encore

Ne résonneront plus sous votre pas sonore!

La chaise du vieux temps, la chaise de noyer

Ne vous recevra plus à l'angle du foyer!

Et la chambre, où je vois votre couche déserte,

D'horreur pleine, n'a plus qu'à pleurer votre perte !

Je m'arrête en ce lieu. Que diraient ces objets,

S'ils avaient le pouvoir d'énoncer leurs secrets?...

C'est là que s'est fini le cours de vos années!

Là que vous avez eu vos dernières pensées!

De là qu'à vos enfants, tour à tour sous vos yeux

Pour la dernière fois, vous fîtes vos adieux!...

Exprimant tout l'amour du plus tendre des pères,

« Que vos jours,— disiez-vous,— soient heureux et prospères !

« C'est là depuis longtemps que tendent tous mes vœux ;

« Mon seul espoir était que vous fussiez heureux.

« Le serez-vous ? du moins vous en avez la chance,

. Et c'est du bien déjà d'en avoir 'espérance.

« Tenez ! lorsque je songe à tout ce que j'ai fait,

« Vous ne savez combien j'ai le cœur satisfait !

« Que vous soyez heureux, car ainsi je vous aime,

« J'en suis aussi content que si c'était moi-même. »

Oh ! comme vous parliez avec l'accent du cœur !

Comme vous désiriez vraiment notre bonheur !

Oh ! comme en un baiser se confondaient nos âmes !...

Mais, je devais partir !... et nous nous séparâmes !...

Il fallait, je partais !... cruel arrachement !

Vous touchiez de si près votre dernier moment !

Sans doute, à cet instant douloureux et terrible,

Et de l'âme et du corps l'état est indicible !

Puis, vous avez souffert les affres de la mort !

Oui, des douleurs sans nom, qui fléchiraient le sort,

Si rien de l'attendrir au monde fût capable.

Le sort ! rien ne fléchit ce spectre épouvantable !

Et vous mourûtes là ! vous voilà trépassé !

Dans quel état, mon Dieu ! muet, pâle et glacé !

Mon Dieu, souvenez-vous, souvenez-vous des hommes,

Et de tout ce qui vit, de tous tant que nous sommes.

Être dans cet état ! Souvenez-vous, Seigneur....

C'est désolant à voir ! c'est à fendre le cœur !...

Vous, pourtant, cher aïeul, ô pauvre et cher grand-père !

Vous avez pris pour nous, en passant sur la terre,

Tant de peines qu'un homme en puisse soutenir !

Vous n'aviez bien qu'un but : notre heureux avenir.

Pourquoi vous appliquer un si rude système ?

Que n'avez-vous pensé davantage à vous-même ?

Certes, vous méritiez le bonheur mieux que nous,

Et ce n'est pas après un si lugubre coup

Que nous pourrions trouver quelque plaisir à vivre.

Pour moi, je songerais bien plutôt à vous suivre ;

Car, hélas ! tout cela m'accable étrangement ;

Car je m'en sens frappé d'un morne abattement !

Oh ! chère ombre, en retour de votre bienfaisance,

Du moins ne doutez pas de ma reconnaissance.

INÉSILLE ET LOU-LOU.

Je veux parler d'un fait peu digne de l'histoire,
Et dont peut-être à tort j'ai gardé la mémoire ;
Mais voici ce que c'est. Vous allez en juger.
Du moins, je le déclare et vous pouvez m'en croire,
Mon récit ne sera nullement mensonger.
De quoi s'agit-il donc ? d'une petite fille
De l'âge de dix ans, toute brune et gentille,

Qui babillait, jouait, riait, chantait, dansait.

C'était un vrai bijou, cette chère Inésille.

Quelle enfant gracieuse! aussi comme on l'aimait!

Puis, quelle renommée elle eut d'enfant bénie,

Sublime de douceur, de talents, de génie!

Or, Inésille avait un tout jeune épagneul,

Envers qui s'exerçait sa tendresse infinie.

L'innocent animal ne sortait jamais seul,

Tant on lui prodiguait de soins, de surveillance.

Mais, hélas! bien souvent à quoi sert la prudence?

On ne peut après tout se soustraire à son sort.

Lou-lou donc s'échappa, s'en fut sans défiance.

Dans la rue, il trouva bientôt presque la mort;

Des chevaux qui passaient sous leurs pieds le roulèrent,

Et sur le dur pavage à moitié l'écrasèrent!

Les échos d'alentour frémirent de ses cris,

Et cinquante passants d'épouvante tremblèrent,

Mais pour lui point leurs cœurs ne furent attendris!

Inésille accourut au bruit de ses alarmes.

Elle aperçoit Lou-lou! Dieu! qui dira ses larmes,

Ses douloureux accents, son fougueux désespoir?

Ah! l'éclat de son cœur ajoutait à ses charmes.

Son petit animal, dans cet état le voir!

Lui, Lou-lou, son chéri! quoi! lui? sa pauvre bête

Qui n'a pas fait de mal! elle en perdra la tête.

Que faire? elle le prend, l'emporte dans ses bras,

Rien, pendant huit grands jours, dans ses soins ne l'arrête.

Hélas! tout est perdu! s'il échappe au trépas,

Comme il sera difforme! il sera pitoyable!

C'en est trop pour son cœur, elle est inconsolable;

Et ses pleurs ont chassé la paix de la maison,

A tel point que la vie ainsi n'est plus tenable.

Le père, homme avisé, consulte sa raison.

Pour comprendre sa fille il n'est tel que le père.

Aussi n'est-il longtemps sans savoir la manière

Dont, nul doute, il pourra consoler son enfant.

Il n'est aucun besoin que plus il délibère.

Devinez son projet, je vous le donne en cent.

Il prend sa canne et sort, sans mot dire à personne,

Sort, avec son idée! On sait que c'est la bonne.

Je vous épargnerai les détails ennuyeux

De ce qu'il fit dehors pour sa chère mignonne.

Sachez que sans tarder il rentra radieux,

Juste comme elle était au comble de sa peine.

Il portait dans ses mains un cârlin noir ébène,

Trente fois plus joli, plus gentil que Lou-lou.

— Inésille, dit-il, ton Lou-lou longue laine

Est piètre marchandise auprès de mon bijou!

— Oh! qu'il est beau, papa! qu'il est beau! que je l'aime!

Quelle petite tête! et jolie au suprême!

Qu'il est drôle, papa! dis donc qu'il est pour moi.

— Pour toi? le beau propos! tu n'en voudrais pas même.

— Non! tu ris; j'en veux bien. — Alors il est à toi.

Mais de Lou-lou, ma fille, il faudra qu'on se passe.

De cet estropié que veux-tu que l'on fasse?

Le donner à quelqu'un?... personne n'en voudra.

Donne-moi ton avis, car cela m'embarrasse.

— Mais, papa, c'est tout simple : Édouard le tûra.

ELLE.

L'aimable zéphyr qui s'élance,
Qui roule les flots attendris,
Les prés, les bois, tout en cadence
Chante le nom que je chéris,

O nature! je t'en supplie,
Parle encore, parle toujours !

Murmurons ensemble : Délie,
Elle est l'objet de mes amours.

Vole, papillon, vole, vole ;
Oui, vole : Délie est là-bas
Sur les eaux dans cette gondole,
Et peut-être tu lui plairas ;

Pervenches, pâles violettes,
Le ciel pour elle devient pur,
Étalez vos grâces muettes,
Ouvrez vos corolles d'azur ;

Oiseaux, chantez : votre ramage
Peut-être charmera son cœur ;
Et vous, arbres au frais feuillage,
Répandez l'ombre et la fraîcheur :

Délie est la reine des reines,

Elle vient ici, la voilà!...

O vents! retenez vos haleines,

Car bientôt elle passera!...

FIN.

TABLE

TABLE

PARIS. — IMPRIMERIE DE J. CLAYE, RUE SAINT-BENOIT, 7.

IMPRIMERIE J. CLAYE
RUE SAINT-BENOIT 7

ET LABORA

PARIS

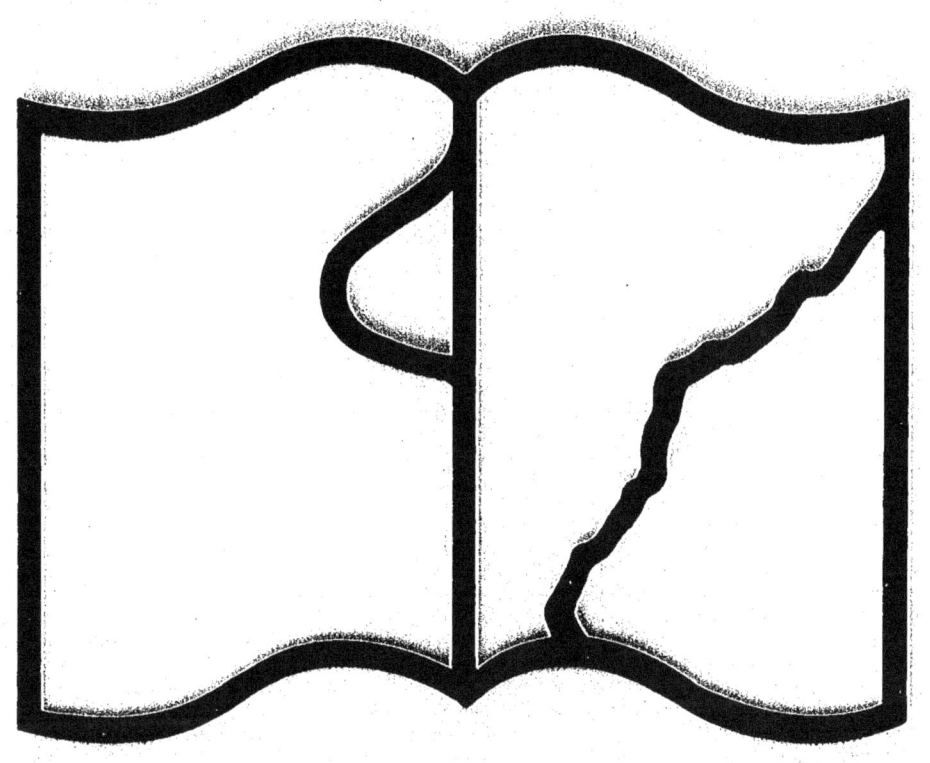

Texte détérioré — reliure défectueuse